青州来信

李世许 著

U0889734

黄河出版传媒集团
阳光出版社

图书在版编目（CIP）数据

青川来信 / 李世许著. -- 银川 : 阳光出版社, 2022.12
ISBN 978-7-5525-6691-8

Ⅰ. ①青… Ⅱ. ①李… Ⅲ. ①诗集—中国—当代②散文诗—诗集—中国—当代③散文集—中国—当代 Ⅳ. ①I217.2

中国版本图书馆CIP数据核字（2022）第257752号

青川来信　　李世许　著

责任编辑　谢　瑞
封面设计　圣立文化
责任印制　岳建宁

黄河出版传媒集团
阳光出版社　出版发行

出 版 人　薛文斌
地　　址　宁夏银川市北京东路139号出版大厦（750001）
网　　址　http: //www.ygchbs.com
网上书店　http: //shop129132959.taobao.com
电子信箱　yangguangchubanshe@163.com
邮购电话　0951-5047283
经　　销　全国新华书店
印刷装订　四川金邦印务有限公司
印刷委托书号　（宁）0025306

开　　本　787 mm × 1092 mm　1/32
印　　张　4.25
字　　数　75千字
版　　次　2022年12月第1版
印　　次　2023年1月第1次印刷
书　　号　ISBN 978-7-5525-6691-8
定　　价　68.00元

李世许　生于1971年2月，四川青川人。中国作家协会会员，青川县作家协会主席。作品在《作家》《中国作家》《延河》《十月》等文学期刊发表。曾获第七、第八、第九届中国作家剑门关文学奖等。著有长篇小说《晴川》《悦来》，中短篇小说集《借一地月光》，诗集《锁眉不是节节草》。

目　录 I

contents

目　录Ⅱ

contents

逸景一诗（二十三首）

目　录Ⅲ

contents

青川往事（画配诗）

山水密码

（三章）

小姨唐家河

话多人烦；不说，又杵了。两难之间找个平衡，便是唐家河。

大熊猫唐家河。小姨唐家河。

想听故事？她不说。

假装不听？也不说。

直到你放下自己，成为山水的一部分，才顿悟清风迎面是公主：自有皇家的倨傲，也有民间的娇羞。她说阴平古道的时候两眼痴光，话头收不住，有点失体面了，不过你不烦，内心甚至欢喜。

谁不爱英雄。

摩天岭是大英雄。邓艾裹毡一滚，三国指向一统，貌似千秋功业人胜天，实则网开一面有柔情。顺大势，成大

逸景一诗

摩天岭

魏如何。蜀如何。
阴平便是。青溪便是。
时空马，云天关，还在腾跃。
天下志，山水道，已无偏心。

局，胸中万象各有归途。无论诸葛先机，不及山水智慧。

印证了，英雄所见略同。

战事平定，唐家河深闺大院，闲人勿扰。这是第四季冰川与摩天岭达成的和解。

公主妙龄闲暇，正好读诗书、习文章，植花木、养鸟兽，心生万物柔情。

那些花木鸟兽在诗文里有了灵性，都想要当驸马。公主何等身份，她爱的是英雄，早已心有所属。这是要命的。

更要命的是你。自以为有武功，敢跟摩天岭决斗，不娶唐家河，独剑走天涯。你去吧，公主仙颜神性，为她赴险，值得。

我愿意是大熊猫国家公园的小逗号，认公主为小姨，跟在她的句子后面足够了。我帮小姨养护她的珙桐、红豆杉、大熊猫、绿尾虹雉……

青溪老烟云

老城已有了气象。

城门洞开，进门的人还得抬头望望，匾额悬在云下，天空高远深透，仿佛那门直通天外，因此虔诚以应，不敢踩重了。

城楼有廖化、马超持刀枪，指挥千军万马在暗处腾越。又有美人弹琴，牵云袖雾，献茶敬酒，马超想醉一场，廖化却怒目而视。总之，旧，不是做出来的，是活的。

城外山水俨然镜框，锁住一城古意，让出良田桑陌。割稻的老人直起身，暮色已淹齐他的回忆。

老人在古城游走，大东街、小南街、小西街、小北街一路下来，身心烟云杂陈。从远古辈走到他，从童年走到今日，慵倦如风袭来，想在檐下歇歇了。

一条清水流过去，三国之后，是两晋；又一条清水流过去，明清就来了，袁汝萃在墙上写《青溪八景诗》了；要是那水堵得住，一辈子太慢，也难熬哎。

脚边卧一只猫，在阳光里像极了金黄的化石。银杏叶砸下来，它一诧，接着睡。

让老街自己走圈。

县衙委屈了。升堂的，审案的，只能装一装威风。历史走过了，再难回去，能还原的，只是痕迹。

好在痕迹尚深重。

此刻，老人在大门处，欲击鼓喊冤。哪里的冤呢？说不清。便猜。

许是字窟焚掉的，大多是县衙自己的秘密。

许是摩天岭替众生遗憾，阴平道暗流如针，却也缝不起一匹断帛。

一声长叹。几点鸦色。青竹江正在拐弯。

青溪老街 青川往事

时间借用我们的身份，有时停下来。

比如青溪老街：我们在那里作古，

在那里活着，也在那里离开婴儿车……

历史就是我们的影子。

阴平村情调

红石河至此换路牌，叫青竹江了。

老索桥横于江面，将唐家河与阴平村连接，正是绿园坠着青瓜。

有故事。于是红石河抓住不松，青竹江赖着不走，成全了诸多臆想。

本来乡村女子，粗也粗得，细也细得，大场面，小情调，都来。总要馋，还动手动脚，就是你的不是了。

月色里去江边洗洗，免得俗。

比如竹隐山舍。也可以是清溪山与、向阳居、阴平山庄、七品轩……随便你。

先在花果园里信步而行。闻花要矜持，猛吸一鼻

逸景一诗

阴平村

你遇了绝世的情人……此处省略
清风一夜三千字，明月二两三千字。
白云农家，小时光不挥霍也在那里
虚度。你知她知，谁说破谁是松鼠。

子就胀了。偷几个瓜果要假意付钱，结果一定是主家拒收，还送你一通恭维。遇水不要戏，江里的，渠里的，都可直饮，在水边，你是脏的。沙滩美女多，不要傻，不是绅士也要憋着。

风一吹，憨态容易露出来，想捞嘴的小心眼被人看个精光。

还是回去用膳吧，都是皇上不见外，整醉当睡着，明日不用早朝，去古城和唐家河，晚一点，还有后天。

竹林、芭蕉隐约如画。你没见过的老农具都算爷爷辈了，他们豁牙漏嘴招呼你，引你入席。你发现，几个葫芦瓜吊在头顶偷笑，就像弟弟偷笑哥哥。

满满一桌乡土。菜是刚去地里摘的，肉是刚从梁上割的，老人自己主厨，说笑间花香草色入味，清风闲云装盘，竹筷子，木头碗，餐桌是个大根雕。哦豁！老人说，酒，忘了！

蜂蜜酒不醉人，只醉神。

世间最绝，神仙味道。你知，我知，阴平村不说，也不记账。

割谷子

割稻子，打谷子，就像诳娃睡觉，
重不得，也轻不得，讲个诀窍。
乡下女人都有诀窍——
现在你看，你闻，娃们睡在田埂上，
米香米香的……

矜持之美

（四章）

光阴课

山水老学堂，够你少年狂。老先生骑鹤而至，一碗茶，三炷香，云下开课，把你镇住了。想不到吧？老先生有趣，点你的名，提你的耳朵，却允许你摸他的胡子，动他的长襟，甚至你逃学去听鸟问花，他也可以假装不察觉，继续在那里摇头晃脑，眯眼唱诗。

第二课，讲台旁边站着一个脱俗童子，捧书，扬眉，清风十里。你看呆了，像个小色鬼，云端里听见水响，露滑，美人鱼跃出水面——戒尺猛敲，老先生笑着看你，春风带雨。原来，你就是那个童子，可惜几枚羞羞的野樱桃，叫老先生没收了。书卷在你面前打开，历史都是竖排的。你急于找回自己。

老先生在门外偷吃樱桃，然后笛声在山水间回响。你准备好了，听从内心的声音，即刻出发，走进时间深处。

阴平古道缓行民间，商队不急着赶往下一站过夜，那些茶叶、棉花、铁器，饱满沉着，火把照见马蹄，跟磨坊里一样悠闲。大部分时间，历史在这里气定神闲，西域、巴蜀，像两个青瓜，结在岁月的藤上。沿途的山水，得以保留天然和率性，暗处有无数的眼睛发出亮光，宛如头顶的星辰。红石河静静流淌，岁月光滑如玉，谁洗谁不重要。

总有人徐步古道，露珠从左脚换到右脚，在布鞋或是草鞋上挂着，欲滴未滴。向北过摩天岭，已是陇上心情，往南出青溪，看见雄关如剑，便知剑门蜀道却是官道，吵得很。

不如回去。你愿意听老先生吟诵。你愿意青竹江风平浪静，水羞沙白，临江有女子吟诗捣衣，摘桑喂蚕，借一个黄昏虚度，偷偷生些爱意，任此生，已不冤枉。

民心养着古道，古道留住山水，山水衍生故事。你发现，阴平古道也有吵的时候。

三国摊上多事之秋，阴平古道和青溪古城躲不开惊扰，在马蹄下奔突了数日，一看，不过如此，便又恢复了往昔气度，走货的走货，弄田的弄田，炊烟散淡，鸟鸣啁啾，天下本无事，该干啥干啥。慢慢来。

就算邓艾大军自摩天岭“裹毡推转而下”，蜀国都冒冷汗了，唐家河也不急，树枝藤蔓一钩、一挂，密林深谷一盘、一绕，从容放过残兵瘸马去打青溪。青溪也是个不慌不忙的，遇到了，城头静悄悄的，旗角在风里半展，竟把邓艾吓退，逼入“落衣沟”迂回以至平武江油关。想那时，邓大将军顿首马鬃关，回望阴平一路、青溪一地，是否有顿悟？

何必急着去投奔宿命。你没有问，老先生也不急于说出结论。

慢是一种力量，悟是一种智慧。

唐家河的慧根在大熊猫。陪大熊猫说话、交流，需要历史的耐心、山水的思维、神性的经言。你知道，70万年过去了，第四纪冰川期过去了，大迁徙过去了，“5·12”汶川特大地震过去了，新冠肺炎疫情也要过去了，大熊猫还在唐家河走猫步，练太极，留下基因密码，隐士一般，慢得优雅，慢出禅意，仿佛活在时间之外。你看，人家哲人大师做派，都懒得理你。

作为大熊猫国家公园的核心地带，唐家河是大熊猫、扭角羚、绿尾虹雉、毛冠鹿的清修圣地，也是珙桐、连香树、水青树的下午茶光阴，11种国家一级保护动植物、3000余个生物种群都学大熊猫，活成不老的神话。

哲理都是慢的，不像你我，赶时间，跑过去便是一生。

幸好你来，我们有机会慢下来，好好爱空气、山水和生命，拥抱自己的、万物的灵魂。老先生戒尺高举，始终不见落下——他也在等一个细节过渡。

你触摸木牍正反面那些古老文字，感受光阴带着体温的游走。落木萧萧，滴水隐隐，有张弛，得遇见。

青川战国木牍沉睡2000多年才醒过来，偶然中有些随缘的意思。缘分往往是迟到的。郝家坪“木牍之光”，把中国隶书的起源回推到战国中后期，美丽的错误走快了，得等一下慢的那个。

你愿意相信，火堆旁，那支鲜亮的毛笔，握在一个年轻人手里，笔尖缓缓进入木头，墨痕即是刨花，开出蝴蝶的心情，楠香婴儿一般降临，终究弥漫。那些饱满的笔画多像井田里的禾苗，禾苗一样行走，歇息的人形。你看见炊烟缭绕，农事、水利、交通、法度，这些与黎民百姓息息相关的鲜活谚语，沿着庙堂到原野的田埂小跑，一来，一去，四季五行就都有了，流动成源头活水了。

流动总是有的，也是对的。你听见一件金属的流动，指出了白龙江和嘉陵江的身世。

1987年9月，九年相邦吕不韦戈在白龙江边悄然顶开秦朝的泥土，青铜的光芒首先照亮了“成都”。这是迄今发现最早有明确纪年、铭刻“成都”二字的实物资料，也可能是吕不韦在世所见的最后一件吕不韦戈，兵器铸成的第二年即秦王政十年，吕不韦绝唱而去，归于尘。

白龙江出青川至广元，与嘉陵江汇流，经长江入海，吕不韦戈用一道闪电辉映天府之国，给后世留下的思考，不仅在于江河文明。在青川，那件精美绝世的礼物是用心的，俨然一声呼喊，在成都平原悠扬回转……

你也是用心的。执念如此，缘来如此，参透天地间两眼墨色，一轴工笔，需要很多时间悟。

悟是一门慢功课。

你是幸好的那一个，你成为你今生值得打开的修行之旅，一日三秋，半世闲云。

老先生总有不老的秘诀，不在课堂，在山水人心。

无数童子注定要长大，他们的爱干净、透明，墨香弥漫。世间有好女，少年牵手归。

逸景一诗

半边街

那时你叫红儿，经营澂红院。我牵马而来，
看中茶叶、丝绸、小镜子……十里半边街
我只要了你。小狐狸，你的妹妹尚幼，
适合青溪养。你我便临水居云，时光老，青山在。

公主茶

茶之道贵在水，恒在心，山水如世交重逢，身心有远亲对坐，如此，天地一壶煮，唯自然，无杂念，有深味。

且命名公主香，或者白叶一号。烹制工艺如下：

西苕溪养竹，润四季，归太湖用心有韵，配一方好茶，自信而谦恭。江南心意，取湖州安吉段，备用。你听见水响，源远流长。

白龙湖历“5·12”汶川特大地震向死而生，山水文脉，重情重义，感恩之旅还在行进。蜀地篇章，推广元青川段，备选。你看见倒影，悦近来远。

从安吉到青川，1700公里如大河奔流，东西部协作两岸故事流传。你想到，公主摇舟而来，茶仓、茶夹、茶匙、茶盘、茶杯、茶托、茶盂、茶巾，一应心情摆放船头，像支一心一意、毫无保留的小队伍。白龙江畔，有人认出了“浙江”，彼时，抗震救灾，灾后重建，就是那样的身影，就是那样的面容和心地，他们把青川作为第二故乡，果然又回来啦！

白叶一号准备好了，走进青川就像回老家，亲人爱茶，有传统。第二故乡也准备好了，温度，湿度，笑中带泪，将心比心，珍惜每一片叶子，守望每一滴露珠，恨不能一夜成荫，报得三春晖。于是，450万株茶苗带着安吉人的体温顺风顺水而来，1500亩茶园在白龙湖周边铺展梦想的亮色，亲上加亲，公主素面朝天，幸福的样子不负春风化雨。

你知道，这是有大爱的植物，情系精准扶贫，胸怀巴蜀小康，一片叶子富一方百姓，留永世佳话。

早春微寒，采茶了。灵性的叶子敏感，如兰舌，似凤尾，青山绿水间少女的心事。本来叶白茎绿，如果气温超过23摄氏度则白消绿长，青白相间，顾盼传情了。洗手，净心，采茶姑娘身材高挑，眼神明净，睫毛闪动时，有江南灵秀之气，也有山村朴素之美，她们指间飞舞，把一芽一心至一芽双心的叶子请下树，竹篓满了，心也满了。安吉白茶适合采摘的时间极短，不分明前明后，只有30天左右，好女初长成，爱要说出来。阳光里那些竹篓子，像大嘴媒婆一样讨厌了，催，催，把你羞成三月天。

逸景一诗

碧云潭

叫云的女孩，你知道
我是你的刚好。我的心眼，
一潭不多，不少，只装得下
你的天姿，你的心事。

制茶像准备婚礼。鸟鸣声里，佳期渐近，那些摊放在背光处的情话可以悄悄说出，却不能动手动脚……直到身体柔软，天宁地和。老是青涩总不像话，于是杀青，那是临行前，父母严厉的告诫，有时甚至相拥哭一场：长大成人了，坏毛病要改掉，臭脾气要节制，善待彼此，和气为贵。可怜天下父母心。

你不要呆痴忘形，迎仙女，过人生，还需习得些茶道，配得起大家闺秀。青川一地重礼数，记恩情，婚礼场面总要答谢一二。有必要搬出宋徽宗赵佶和他的《大观茶论》，他说：“芽英不多，尤难蒸焙；汤火一失，则已变而为常品。须制造精微，运度得宜，则表里昭澈，如玉之在璞，它无与伦也。”说的便是眼前的新娘子——绿茶精品，安吉白茶。礼毕，送入洞房，你已是当朝驸马，天大地大，夫复何求？只是本性不能丢。

新生活从一杯茶开始。好天气，好心情，更大的指望茶香弥漫。

再有，喝一杯回门茶有讲究。

取西苕溪备用之水，一半；取白龙湖备选之水，一半；两相汇流便是君子之交，厚情大义一衣带水，溪头泉眼见云霞。水至80摄氏度刚好，时代早已汤杯，民心足以醒茶，安吉、青川交替摇香，换水冲泡至七分满，待汤色鹅黄，香气早已出来。最好是透明玻璃杯或者盖碗，最好是茶园鸟声里，坐成家人的样子，见证舞者在杯中旋转、飞升，感觉幸福在绿水青山之间高扬，仿佛喊谁的名字。

你猜到公主有心事，玻璃一样透明的心事。因此，你愿意是那个干净、清爽的茶童，提壶，含笑，像极了一株坦然的白叶一号茶苗。

——拜茶三杯，先敬天地人。

逸景一诗

阴平廊桥

迎过历史的战车，时间的马蹄；
守过民间的阵法，农历的防线；
如今你来正好，走传奇，山一步，水一步，
落进古老而巨大的包围……

舌尖舞

逗你玩，苹果不肯下树，光屁股坠弯枝条在你额前打闹，不小心会碰脑袋。蜂蝶沾了露，飞不高远，仿佛也忘了高处和远方。你站在树下，发现整个阴平村就是一个童心果园学校，树上除了苹果，还有香梨、蜜桃、金橘，藤上垂下葡萄、猕猴桃，草叶里探出草莓和西瓜的脑袋……这些五颜六色的顽皮鬼排着队，等不及要开始为你舞蹈了。在阴平村人看来，你跟那些瓜果是一伙的，只不过淘气少一点。我是无论哪一家的主人，此刻站在唐家河送来的清凉风里张开手臂，像个骄傲的老校长了。我威胁孩子们：不许偷笑！也威胁你和你的伙伴：还吃，一会儿重菜大餐来了，你们还有几个肚子！

那一定是夏秋时节，唐家河山丰水满，过阴平村故意慢下来，把农家时光养得清脆饱满、冰清玉洁，外面已是火焰山，这里永远是花果山水帘洞。水的源头在摩天岭，原始森林中无数小流成溪，加之雨量充沛，唐家河哪里用得完，于是掀帘而下，有了青溪胜景、阴平福地。

川北青川，山水有灵有验，馈赠凡尘的礼物何止美食。青溪镇地处大熊猫国家公园核心地带，在那里，你会化身大熊猫，突然有尝尝新鲜箭竹叶的冲动。国家AAAA级旅游景区唐家河、青溪古城，将生态文化、三国文化保存得丰富而完整，浸淫其间，心被空灵衔着了，一袭禅意将你锁住。眼下你所在的阴平村，作为中国乡村旅游模范村、全国休闲农业示范村、全国文明村、省级乡村旅游示范村、四川省百强名村、四川省“四好”村、全省乡村旅游示范村、四川十大幸福美丽新村，更是名副其实的世外桃源，令人神往，流连忘归。

几个水果小意思。

阴平村以下山势稍缓，河岸渐开，配称青竹江了。青溪古城贵为青竹江的起点，坐在西边，与阴平村隔江相望。现在，它与你对视，静静的，纵然没有1300年的故事，耐心也是你比不过的。输给传奇不丢人，何况你有舌尖舞，幸运还是明显的。

我把小方桌摆在桃树下，蔷薇丛中，跟靠椅一样，桌子也是青竹做的，有山水的胎记和体味。你们坐下，脚边浅渠清水环绕，低头看时，忍不住俯身，却舍不得

逸景一诗

鱼洞砭

鱼儿鱼儿出来，
保你考个秀才。
鱼儿鱼儿留住，
给你说个媳妇。

用来洗手。还好，茶杯握住你，山泉水取自唐家河，土茶是农家自己种出来手工炒的，喝一口不许惊叫。你没有惊叫，你大喊——老板！铜火锅！

我的矜持有我的道理，有我的底气。老家味道必须讲究，每一个细节都要过心。

阴平铜火锅正是青川老家常见的那种，乌黄透亮，简练而威严，泼辣大方仿佛从乡间富态女子那里借来的秉性，粗也粗得，细也细得，食客一见，果然把持不住，口水流出来了。锅体正中是圆柱气孔，高出锅沿一尺，直通底部炉膛。炉膛里木炭燃得正欢，最好是青冈炭，耐烧，无烟，淡蓝色火苗很快叫醒锅底。热锅里下油，放料，加入骨汤，就该食材出场，唱主角了。带筋上等牛肉切片，半个巴掌大小，碗壁一般厚薄，均匀摊铺，其上叠加牛杂、酥肉，顶层多置香菇、木耳、蕨菜、竹荪、山药以及萝卜、青笋、豆腐一应山珍土产，然后扣紧锅盖——我终于扭头回应你：饿死鬼来啰！

上桌后大火爆煮30分钟，不等揭锅，香气早已出来，再小火焖10分钟入味最好。我来不及告诉你们锅里的秘密，我得请出碗筷和蘸料。黄土碗，鲜竹筷，料碟里有豆酱、青椒、蒜泥、葱花、芫荽、姜末，青海椒和红油辣子依个人口味添加，哪样都有露水鸟鸣的伴舞。

这下可以开动了，一锅江湖，四方豪气，几个人的千军万马。爱香辣的，得用茶水缓一缓，喜清淡的，也靠大肉填一填，荤有荤的妙处，素有素的法则，万事万物同理，得有个收放。比如：摩天岭收住邓艾，放手，打开了阴平古道；唐家河收住烟雨，放手，见证了青竹江神韵；青溪古城收住将军，放手，成就了三国一统大业；阴平村收住你们这群馋鬼，演绎了舌尖艳舞，最终还得放手，还你一个天下。

你回到你自己，看见对岸还在旧时光里，有兵马腾跃而过，迤逦而行，很饿了还要赶路。要我说，人家追人家的功名，你享你的口福，互不相扰，各自风流吧。

地里多的是时鲜蔬菜和天然野菜，菠菜、青菜、白菜、蕨苔、灰灰菜、蒲公英……小姑娘一般，你看中谁都可以认领，请进锅便是入洞房。唯一的规矩是，拜了堂便有一份神圣，可以花心，不可以相负。动了情，要一辈子抵命的。

童年的雪地

你和哥哥像两个
麦尖儿冒出脑袋，
大人不管我们，
雪管我们：
穿得厚，吃肉肉，
穿得薄，鬼脑壳；
清鼻子，流过河，
长大了，没老婆。

你突然要酒，这在意料之中。在我的地盘，只给你蜂蜜酒，唐家河的蜂蜜，小灶苞谷酒，甜醇相宜，天然绝配，三杯二两敬我的手艺，不枉阴平就够了。断要喝醉，香风里大哭大笑，岂不曲解天地之心，浪费了有味人间。

那一定浑然以至黄昏。村北索桥那里有人跳水，妈妈带着孩子游泳，笑声如水花飞溅。那是一座老桥，横在唐家河沟口，连接阴平古道和阴平村，人行其上晃晃悠悠，平添了古风遗韵。村南有沙滩，沙粒细白晶亮，四周垂柳环抱，美女们结束漂流上岸，躺进沙滩，像一群美人鱼了。村子正中随了吃货的愿，正好排出了美食广场，小吃摊、烧烤架、夜啤酒、鲜榨果汁悉数亮相，入夜，又一场美味劲舞即将启幕了。

偏偏此时，谁家男女的山歌对唱偷心借胆，从江面勾引过来……

你们和几个西瓜一起打着饱嗝，醉意惹得学校的小鬼们窃笑。那时，我已不在乎校长的身份，靠在树下打盹儿，你看见就是一个葫芦瓜，吊在画纸上，信手涂鸦那种水平的。别以为憨态毕露，出丑了，我一肚子老黄酒神仙自在，你未必体味过呢。

初心谷

初心即民心，左邻右舍围坐，山水一席长谈，想法便活了，底气便足了。这是田缘张家雨后的气度。都说虚怀若谷，你在四月相遇青川，走进初心谷，感受的却是满谷虚怀。雨过天晴，草木的绿，鸟兽的欢，反过来洗人影，洗人心，真正的老家院子才有如此的礼数和心意。

稍加忧郁，抵达节气和谚语，你是不是有些迟到呢？

你决定忽略一些沿途。县城南郊一公里，右手蜿蜒出溪水的，已是张家地界，一条国际马拉松赛道热情迎住你，把你往里请。这里承接了两届国际半程马拉松赛事，据说外国人成绩都不理想，他们舍不得跑快，有的边跑边拍照，有的边跑边回头……山水田园风光实在是OK，太OK了！成绩算个屁啊；相比生命里一段奇异的灵魂之旅，名次屁都不算。你不用奔跑，驱车缓行，或者随心漫步，野花闲草假装骂你，奇山秀水故意抬你，那种法则之下，忘记人类无罪，虚度光阴不羞。

麦黄稻香还不是季节，田园里玫瑰当家，一副死心塌地等你的架势。“钟情”两个字迎面扑来，红、紫、白、黄、蓝、黑，好大的场面，整个山谷都在鲜艳表白。田间阡陌交通，你很容易进入，成为其中一枝。你听见花语，在清凉风里迷乱，“你是恶魔，且为我所有”“希望与你泛起激情之爱”，于是蜂蝶分享的样子有点像明抢了。这不怪它，世间一切美好，谁不心动。热烈赠红颜，温馨送知己，枝头最有耐心的那一朵，要交给天长地久。

四面山形该收的收，该放的放，高低错落就像村子里的辈分，该威严的威严，该宠爱的宠爱，把寨溪河养成邻家小妹妹了。泉的肌肤，溪的身段，妖精小时候，天使初长成……总之，配一园玫瑰恰到好处。河上石桥几笔写意，沿岸河堤两轴山水，桥于水中映月，堤出平谷锁雾，神来仙居不过如此。

循水上行七八里，麻柳、银杏树像是一众老家长站在各自屋前交流，往事居多，眼下的话题也不少，正说呢，有外国客人过去，找他们拍合影。照片出来是这样的效果：年轻游客反客为主，舒心到家的神态，一点不见格外的意思；老人们见惯不惊，俨然大将军或者老首长，甚至会比手势说英语，好啊有（how are you）！我开门（Welcome）！他们身后，屋舍依山临水，红顶黄墙却又不求千篇一律，有楼房矮院，有别墅垂柳，独户的，连排的，半隐于繁花翠竹之间，各尽其天然。

有扬琴声过桥接你。《高山流水》，分明是半月拱桥上你内心的旋律。知音尽在“山谷原舍”。院门口公园里，石磨流水、老水车和童年的记忆守着旧日恬淡时光；本地花草端庄有度，在各家各户间走动，替老一辈、小一辈说出了亲如一家的道理。

扬琴换了曲子，好像是《竹林涌翠》。你进院一看，春风弄竹影，美女抚玉琴，门廊正对着一栋欧式风格的高层建筑，坐北朝南，西边绿化带和内廊连着副楼，有两楼一底和一个露天楼台。主楼和副楼中西合璧，相押互补，孤傲时简约，细节处大气。

这时，男主人一定笑吟吟招呼你了，甜品帅哥一枚，一对二两酒窝暴露出与年龄和酒量无关的羞涩。你由此想到，一个大男人谦恭温润，内心里非得少不了两样东西——真诚和善良。且看吧，现在他是你的贴身导航小哥。主楼是精品民宿区，有商务间、标准间和家庭套房，装修摆设尽显高雅气质，淡淡的肥皂香味又透出亲民格调——这些都不算，他说，酒窖有点意思。酒窖在主楼东侧，取山石岩洞的天然，结合现代科技控温，红酒、白酒、黄酒各种度数年份应有尽有。他是个爱酒之人，在酒窖这里多用了心思和成本。跟酒扯上关系便大句大句说话，甚至有一点好玩的霸道在里面了。

你忍不住打听，男主人，那个见酒霸道的老几叫作李正军。几年前，李正军从北京返乡创业，建立民宿旅游专业合作社，带领周边群众脱贫致富，村口那一片玫瑰园也是他们的匠心手笔。

主楼西侧的餐厅同样富有特色。全景玻璃屋顶，食客抬头看云白天蓝，或者星月可摘，感觉就是幕天席地山川旷野，人足够低，人心足够高。如果天地间真有精灵，此刻便是露水地里直接上桌，会说话，会动情的一顿大餐了，不山吃海喝一通，对不起观音菩萨。

从主楼过渡一下，花草掩映，托出小景大观，穿过室内景观带即是副楼了。二楼与餐厅相对的，是开放式大厨房和银杏露台，中间一堵墙，向露台开了欧洲中世纪风格的壁炉。三楼是咖啡室和茶座，古色古香，诗书半开半合，女主人已在那里磨完咖啡豆煮至正好。不用介绍，起身相让时，客人都看出来了，那个咖啡仙子不是女主人还能是谁，却有个随缘的名字——陈芳。茶也醒好了，摇香看心情，辨品位，山水都在里面，恨不得吟诗几句。喜欢功夫茶就去二楼露台，赏茶的同时，可以看群山飞鸟，听水响弄琴，哪有什么负重前行，至少那一刻，岁月静好。如果在冬天，一面大壁炉烧得红光满面，雪可以落地即化，也可以厚厚铺展，整个山谷写成童话了，壁炉前几个人还是暖洋洋的，头顶一把大伞积了雪，像一朵白玫瑰。这时候温酒一壶是必要的——

又说到酒，让李正军傲慢一下更有趣。

露台和厨房下面，一楼，门廊西侧进去，是文化图书室。有各类报刊图书陈列，随便坐在哪里探手可取；有大原木书法美术案台，笔墨纸砚殷勤恭候；有围棋、象棋，艺高人胆大，摆一个擂台挑战天南海北，输了喝酒！绕不开一杯酒，李正军脸红了，仿佛他是个江湖偷偷卖酒的，被人揭穿，摸头一笑，酒窝变成三两的杯子了。

陈芳莞笑如花，优雅气韵不输《雨打芭蕉》的曲子。

扬琴声在院子里回旋，在山谷里流淌。男女主人送客至院门，山清水秀，春风十里。你回首，看见两株玫瑰长在主家庭院，相敬如宾；山谷原舍不过是田缘张家·初心谷精品民宿的一个缩影，一目所见，你发现下游清秀之地已经建成山谷康养中心，好大的魄力；你确认，领衔山谷康养中心的正是李正军夫妇的儿子、海归新秀李琛，小伙子还曾自费举办了青川首次国际拳击邀请赛；你顿悟，整条山谷莫不是心心念念的玫瑰园，配得起全部春天，所有色彩，初心的竞相绽放。

回程无杂念。有人告诉你，作为首批国家全域旅游示范区，青川有无数的田缘张家、茶颜观色、云上双鹤、幸福岛、向阳山、初心谷……把“熊猫家园、青秀之川”放飞时代晴空，寄在初心时刻。

石墙根

石墙根有个故意留下的标记。

顺着蚯蚓，鸡鸣，墙洞里的小秘密

潜回去……窝里一只蛋，热乎乎的，

还有鸡屎香。

青川来信

（长诗）

未来是山水的重申
和回忆。
在此之前，你必要
存念灵地来信。
爱的绿色信笺多么朴素，
多么大义，小心。

——题记

青川往事　青溪客栈

古镇有美女，有的嫁给书生，
有的嫁给富商，只有我
非你不嫁。我的客栈
迎风送雨等你，为你量身定制
缘分街、如意楼、知音巷、幸运屋……
叫我一声娘子，
我便是你的佳期，你便是我的倾城。

青儿1

联合国月色基金秘书长阁下：
你倡导的婵娟项目，
大熊猫国家公园已完成精神前期。
唐家河所有的和平储备，
预先提供三通一平所需的
素颜、童声、密码，以及自由国度。
此信所寄，阁下收到的
神话、音乐和诗歌，都是山水
圣洁的选票。
摩天岭上空天梯倒悬，
大熊猫园长只唱胖乎乎的
白月亮。她奔月的晚课
从午夜开始流传。红石河
在月色里，
万物安详有序……
秘书长阁下：

今夜是善良的源头，草木涂月光
给你写信，不争宠，不表功，
只为暗合你主张的责任世界。
愿你继续努力，终至成功，顺祝
人类健康、长久。
青儿竹林口述，月色代笔，何年月
阁下做主。

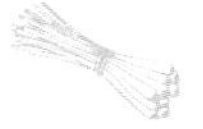

逸景一诗

回味街（回族风情街）

最老的铜火锅是这个院子偶然的发明
和必然的讲究。时光配菜，配茶，配得天之道，
一街香艳。古城东门在望，老食客流着涎水，
走过了，还在回味。

青儿2

乔治·夏勒博士亲启：
唐家河的冬天跟德国一样
极致。你在院子里滑雪，去邮箱取信，
那时你得到大熊猫的礼物。
你值得再回来看看：你把自己种在中国
的地方，彩林映雪，万物如初。
有一株时间树是你回植的，如今
回忆在树下忧伤，在雪地里
找你的眼神，用箭竹林
给你写这封月光信。
写白熊坪的小屋，
写红石河的源头，
写摩天岭童话留下的脚印，那么精美……
博士，那是孩子对爸爸
说出的晚安，梦境里约定
生命的长度和厚度。
于莱茵河畔，唯有你知，

那是精灵的感恩邀请，绝世守望。

祝你健康、愉快，有如

你宗教一般信仰的山水唐家河。

青川大熊猫

青儿敬上！

河边

像水牛一样悄悄靠近，
靠近，
突然露出脑袋吓你一跳……
那样的话，你就不再发呆，
说不定还会敲我的脑袋，
像敲一只桶。但是女孩，
整个夏天，整个童年，
我都没敢。我望着你的背影
至今出神。

青儿3

表哥你过分，骗我长大，有了心事，你却只给我
照相，照相，照你个冤家。
你在摩天岭吹风，把影子投在红石河，我那么明显
在路边等你，你又照相，照相，照你个讨厌鬼。
在唐家河，我为你数星星、劝月亮，为你
洗泉水的童年，守竹林的长夜，假装不哭，内心里怀着
你和春天。你还在照相，照相——
我又不吃你。我的爱黑白分明。我只要你承认小时候
你说过的那些悄悄话不是假的。我只要你知道
我是你的表妹哪！我是圆嘟嘟的忧伤哪！我的熊猫历
一日长过百年哪——你这个空心木头，照相，照相，
几时照见我的玻璃心。
你的青儿。
青竹江边，爱情小屋，黄昏如烟。
不必回信。

青儿4

甘肃兄近好！
那两场酒后，摩天岭不服。今年冬天
预备来一盘更大的
熊猫雪、红杉云和飞天宴。
兄如赴约，万望
携文县，走阴平道，
你我说合一门亲事最佳。
如今战事平定，宜嫁娶，
江湖不拘小节，可执手大笑。
佳人围炉，必定
执壶，假醉，一夜大雪传眼神——
罢了，罢了，陇兄，
赐婚“飞天熊猫”，你以为如何？

小妹另有相告：摩天岭
早以老丈人自居，贪杯，喜恭维；
唐家河大门大户，眼光自然不低；

那时候院子就是田野，竹篱笆也隔不住
我们疯长，疯跑，脸上涂满花粉。
有时害羞，
故意不喊一个人的名字……

一应，
望兄周全。

秋深日，添衣，热酒，等兄来。
青儿信笔笃情，山水寄上。
遥握如面。

青儿5

长安君见谅！
延河心意，前日收悉，
迟复有愧，自当罚酒三杯。
此刻山中，遥望帝都气象，念君诗文风骨，
恨无礼随信来：
若山水可寄、云天可书，不辞矣！

旧年酒后戏言，借君半匹秦岭，
不必当真。
秦王讨伐战国木牍，收回隶书源头，
亦未可也！
一笑。

一枚楠木，醒于文字，辉映所及，
何止秦地蜀地，超乎陕人川人。
不如君自秦时来，

逸景一诗

东瓮城

城门开启，飞箭未下，只因你
不曾有为敌之心。那便虚惊一场，
也好，青溪古城爱恨分明，
迎客，迎战，都有章法的。

你我结拜相认。
小妹焚香，研墨，执君衣袖，
你我走他几笔山水，田陌，盛世，
何妨。

既相爱，又何妨。
君若有意，延河某月某日为号。
青儿顿首，赤心必定畅达蜀道。

青儿6

青儿贸然来信，渝公子不要见怪。小时候
我们在老万众子弟校同班，
你是我的偶像。我知道
很多女生等过你的自行车，
贪过春色花香里的暧昧。
我不。那个偷来的苹果，
被我哭着吃了，就像吃你。

老家亲戚常说到你：
江风独立，乱发飞舞，身边缺一美人。
我写过很多信，折成纸船
投进白龙江、青竹江，指望过
哪一天你在嘉陵江、长江发现一个句子，
突然就记起我——
公子，我是青儿啊！

一别经年，我把最纯粹的
留下了：唐家河、大熊猫、苹果树……
每一个路口有你的名字，
每一朵云下有你的初恋。
渝公子，青儿已不要当年羞涩，
养成了火锅口味、啤酒性格、山水仪态，
我不倾城，只倾你。你来，
我就涮你，冰你，做你的爱妃——

你这个重庆崽儿……嘿么一场秋雨，
滴答已过万州。
纸深笔重，青儿就此搁笔。
此信随波来，载你
念念归。

逸景一诗

邓艾石

你的真身归于民间。艾将军你
立马横刀众山小，水中留井日月辉。
你磨刀，那一块石头磨岁月，
都有相顾无言的凭吊。

青儿7

钱塘姐姐：
我是你早年相救的青儿。
我用泪水给你写信。
姐姐啊，想那时在雨途，
你把最大的苹果让给我，
把妹妹的身份赐给我，
为我撑开公主伞……
你叫我青儿妹妹。

逸景一诗

邓艾点将台

大风从青溪来，总该有什么
迎风飞舞。
你登高台，像一面令旗，
改写了历史的走向。

要知道，你是公主啊
姐姐。让我哭一会儿……如今，我很好，
嫁了安泰君，有孕已六月。
我摸着他的小脑袋
给你写信，要他学会公主姐姐千山万水
教给青儿的歌谣：小妹妹，抱着睡……
姐姐啊！青儿怕他忘本，也怕我有了他
便误以为姐姐不再是唯一的亲人。
那样我怎配你彩虹一般
扶我走高桥、织锦绣，怎配茶园里
白叶一号的高贵气质？
姐姐，青儿再造之身，必定做姐姐的影子，
如姐姐一样悯世怜人，敬山惜水，
无愧一地月色、满目晴空。
纸笔霜起，方记得大雪将至，姐姐保重。
冬去春来时，青儿应相夫教子，在茶园
守第一枚公主茶，给姐姐尝鲜吧。
青儿泪已干，化不开笔墨，就此处
给姐姐请安、祈福。
千年万月，每日每时，青儿，
感恩居，泣就。

青儿8

夫君见字如怀：
青儿不哭，不累英雄浩气。
天地有绝期，夫君顺应时局
走阴平，过青溪，取江油，终成江山一统
天下一念。夫君哪！
成都弥留处，悲风难逆时，唐家河才是你
唯一的后宫。青儿不老，
山水间保留你钟情的容颜，却也是
诸葛先机，后人祈愿。
摩天岭上尽英雄，几人归来不掩面，
青儿替夫君敬老酒、换新茶，残月天边，
红石河半醒半醉——
他们心里给你跪下了……他们认理
也认人。夫君哪！
落衣沟，时光慢，
此信无寄，青儿不改。
露深重，互安好！
邓氏青儿顿笔风桥。

青儿9

姐夫应知信来：
此去几日，小雪已落满红石河。
摩天岭下，古道阴平，梅花心事乱，
青溪哭了一场，方饮下冬梨汤三勺。
在他乡，你负气赌人生，想来
纵有千般繁华，不如老家安顿。
雪地有阳光，阴平村在晒柿饼，小松鼠
被骂声宠养着……姐夫，在唐家河
二姐是你的大熊猫，
她的骄傲，自己知道。因此你看，
她微微收着公主的云霞，内心的芳华。
辛苦历历，有暗香。
姐夫，我用雪花给你写信，
二姐假装不知，其实早已猜透。
你对我好，就加到二姐那里，
就回来，做驸马。我和二姐手牵手，
故意不看你，看万物都是新郎。
青儿竹笔难书所以，见面细说。
急盼。

青儿10

诗兄闲看。如果秋意袭来，
还要整理庞大碎片和无边失望
裹挟其中的长烟、落日、迟悟，便忽略。
就当我在风中圣洗，为你恨诗如蛇的爱人
虚构了一个叫姐姐的句子。
我是妹妹。

你举着万物的法则、思想的进化论，举着
灵魂的山川、高原和星空，瘦长的头发、脸颊和身体
举着忧郁的经言……世人被你勒紧脖子，
这加剧了你的原罪。诗兄，从人类到草木，
到鸟兽，你举着我的初恋，我必须是你一刹那环顾
内心清凉的供词。

我在你的必经之途，收集绿色手印。诗兄，
姐姐作证，你替人类扛下所有负累，终审之前
我愿意是你的上诉、缓刑和保释。

我必定探视你，为你贿赂全部刑期。否则，
天生青川何用？
此信遥寄何用？

秋月溪水，青儿临摹，见字见心。

青川往事

吊脚楼

花儿秀儿不好看，
牛的叫声不好听，
打竹筒水仗
也不好玩，
夏天总有
下不完的雨……
但是整个童年，
我们像一群
倒吊的蝙蝠，哪里
也不想去。

公子1

云姐姐近好！我在山中无虞。
古道走时间的兵马，
天下无杀伐。
鸟兽与草木自己选择
取得和平的方式，
大一统无须存在。
你看大熊猫，
藏起武功也是侠客，
来处即是去处。

逸景一诗

明城墙

当念明时月，柔软心，那时照此楼，
古道风寒。今日短墙旧事，已嵌入
历史的记忆，时代的追问。
你凝视的样子，像一位哲人。

逸景一诗

阴平古道

历史匍匐而来，那时
你选择网开一面。
天下不是谁的功名，
你把机会还给山水。

你看红豆杉自然老死，
红石河的石头
还是红的。你看
时间还是打开
自己的安详。
物我之间无须怀念，
你就在怀念里。
未来终将回去，
山水即终极，
也即原初。

盼回信，有诗寄我。最好
亲临一聚，唐家河的思想
与你的风格绝配。

公子2

青溪晓月：
昨夜酒至三更你不醉，此刻霜起，
你还在檐头提灯照县衙。可见先生应是
有心念情之辈。
贸然来信不加闲言，实为县衙重修阻滞，
拜托先生，
向老县丞问几个原委、说一些悔恨。
一县之所治、一城之所托，兼早晚
石牛寺钟声如课，佛光警世如流，

逸景一诗

长寿井

水和端水的井正如
我们和牵扯我们的时间，有暗合。
水不老，井不老，而我们终将老去，
幸好身后有井，时间正流向那深处。

水　街

小北，小南，大东，大西，都是唐家河
出嫁公主的心意。水里流云，流星月，
老水车做媒婆已经好多年。因此古城再古，
也总有新郎官凌波而来，水性好极了。

怎就惹下天火之灾、徒留后世风中长叹？
青溪一地，文脉一江，先生哪！
我本月下敲钟人，愧对满城书香。纵然是
三堂九部还魂过，我亦不识纸上言。
县衙旧址，我入迷途。
香客有提及，县丞在青溪
可有后人续起香火？可有本家流落民间？
我只拿钟声去敷衍。我有罪。现在
我是那钟。我用小铁锤
给你写这些飞鹤云端，山高水长。
回信不如亲来，先生，
我陪你老街一坐成古宴，
山水小菜饮江风！
唐家河进入青竹江之前，一定也有
我们此时的心境。罢了，罢了，
此信掷于大雾中。

公子3

贤弟汝萃：

近阅《青溪八景诗》有感，

景已尽然，情犹不寄，实为千古之憾。

兼得无名氏残章断句，不屑词牌平仄，酒后自顾吟哦，

韵却不差，倒也玩痴可爱。

此番来信随附，且题为《青溪词》，

贤弟一笑已矣。

其词云：

古道风，几相送，天下尽英雄，

暮晚钟，悲喜共，是非转眼空。

老巷，茶酽酒浓，

苍石，来轻去重，

恨不与君同。

有春可弄，李白桃红，

诗酒宠，慢相逢。

欲说理尽词穷，

唯愿民心所从。

且凭浩然一梦，
遥寄山水缘中。

注：晚清学子袁汝萃有《青溪八景诗》流传于世，现青溪有碑记，县志收载。

青川往事

秋天的秘密

婆婆喜欢踩叶子，走一步，踩一下，
好像每片叶子下面都有一颗栗子。
多少年了，我们躲在窗子后面偷笑，
让她急，让她把背篼里的秘密骂出来，
一地金黄。

公子4

诸葛先生：

我乃青溪城中修史人。

此信来，想你早已料定。

青山一处，摩天之岭，

阴平道先机尽失，唐家河山水顿悟，

必是军师意外。

先生非神，唯大爱、精思

超绝于常人，因此难免失算。

归正史，无损先生英名，反增其信，

逸景一诗

青溪县衙

今天击鼓不喊冤，县丞大人，

青溪一地，民风是上好的山水，

山水是最淳的民风。一个清字：

绿，明，新，雅，和……

逸景一诗

落衣沟

劲风吹时，兵马飘摇欲坠。
坏消息好消息各有，好在
天意公平。艾将军
落衣，也落下一线转机。

理同摩天岭云烟散尽，其险更甚。
先生，又一说，
你苦意设局，在摩天岭网开一面，
为历史留下一线走向，
促成三国大统，以避民生多艰。
——未知意下如何？
愚以为，先生非圣，
忠一时之君，悯万世之众，两全无望
必有大哭文章，或被你付之一炬……
史无记，民心量，此时，
我却不能猜度题补。彻夜不敢眠，
遥寄此信，不知所言，
便求先生示下。回信烦寄：
阴平古道山水间，青溪县衙，
廖化灵前，魏蜀吴收转。

逸景一诗

智慧核桃树

活着是最大的奇迹，
智慧是最大的幸运。
如意，草木如此，你我如此，
万物归于一理，无争，有常。

公子5

廖将军，你放马城南，
暮色从摩天岭苍茫而来。
你的枣红马，我为它钉过掌啊！
蹄声如诉，白铁划青砖，发出亮光，
就像柏枝火把的流萤。
你那么忧郁，将军，
而青溪一地，桑麻收成正好，
粮草赶在雨前入库……
你的忧郁何止阴平一道、蜀汉一国，
天下大势定在你胸中冲突，

隐痛正是一江涛涌。将军啊！
解甲归田后，我的打铁铺专事农具，
去耕你屯的田，锄你身后的草，
养活浩大的民风，陪你
修正身、走正途、归正史，
为时间平反。
汉中失了，阴平丢了，葭萌破了，
蜀国亡了……青溪城却在。
你应长眠于此啊将军，
这里是你的归处，有你的稻香阵、民心城，
有黄昏如酒长歌成宴……
将军，此信联名寄出，青溪万民咬破中指，
淋一场大雨入秋。
若有灵，见字当含笑。

逸景一诗

八景楼

汝萃兄，今上层楼你不见。
你的青溪八景诗还在：
山水间有灵的便是，
旅人放飞山水，如一朵云便是。

公子6

多情之人：
你的小麻烦源自古道。
风有兵痞味，
小妖精过吊桥
野性不减。
她偷饮蜂蜜酒，
招摇山水武功，
啊呀嘿呢，
给你下了百花的蛊。

你在世外养个小情人，
此处略去
清风一夜三千字，
明月二两三千字。
白云农家，
炊烟不计，蛙鸣不计，

逸景一诗

控夷关（瓦舍坝）

古道都是我的，控什么关。我本美人何妨，
偏要嫁你何妨，女红山水封时间的嘴何妨。
守关的男人得了酒钱，大醉一场何妨。
醒来已是千年后，为山水证婚，又何妨？

瓜果掀了露水的枕头不计。
你知她知，无人说破。

青竹江在接路，老青溪在成亲，
每一个你，都被恭维。
大熊猫也不过如此，爱所爱
便是小神仙，便不顾天下纷扰，
青山绿水红颜，
小时光恰到好处。
明日醒来何处，
阴平村里云中。

此信不寄。你知我知，清风过无痕。

公子7

岳父大人：
在青溪当县丞时，你把女儿
远嫁到白水，两处老街都有你留给后世
不绝的笔迹和预言。
你的来信作为遗产，被今天
忧郁的人得到，解密的过程包括
神兽、古木、绿衣佳人和她的爱情。
我是那个忧郁的汉子。我的回信
无法寄达，因此你还有责任
续写这山水。
山水间美女众多，我无缘逐一爱过，因此
古典的，仍归你宠；时尚的，我只暗恋。
我把她们供在字里行间，统一命名为
香儿。茶香、墨香、酒香、菌香、花香、秋香、乳香，
发香、婴儿香……
你懂的，老丈。小婿这里
叩安了。

公子8

蜀将军帐下：
快马报来，牍简所书，非为战事，
亦非战事之能比矣！
蜀北嘉陵之江，西有支流名白水，
养蚕桑、稻谷、黄金，美人如玉，出画中。
其地乃仇池旧址，营盘梁风中
犹击鼓列阵、凿壁开道，马鸣阁
残阳如血，杀伐归于民心史册。
忽一日，江边惊现吕不韦戈，寒光透骨，
“成都”二字辉映天地，首屈一指！
进献以图功，功在眼前；
私据以扬名，名非正途；
隐藏于山水以待后人，
则缘由天定……向天再借三千年
求缘，佑山水无劫，非白水一县
之所能。
将军明示，或亲往考验。
白水，某年月日，急就。

公子9

修史人：
我愿意想象你捉笔的样子。

你抿那支羊毫，
把秦地来的羊群牧之山野。

历史案前，
星火静流。

山中楠有香，灯下书为隶，
今远至，赐予牍……

你继续写道：
为田之律，在度，在行，在日月以辉，在万物而利。

一捺如波，
历史早已上岸。

青川往事

唐家河红叶

我那么大的耐心，那么多的热情，
就等你的枫叶舟来，迎娶。
红石河的石头为什么是红的，说说看，
你这个榆木脑袋。

使者1

平武亲家见笑：
贵公子与我家小女联姻之事，恐有变数。缘乃天定，
罪不在你我，亦不在公子；小女之过矣。
贵公子何等人物，文才武略，志高千里，尚肯屈尊入赘，
本为两姓之福分、阴平道佳话，谁知小女
粗通史要，略知文章，非要一物陪嫁定情，
失态献丑于亲家府上。
小女自幼受宠得溺，心直性傲……所求之物
竟是江油关！“阴平一道，实为一体，
携姻缘以聚之”似无理，实有心。
亲家思之，度之，为天下计，
但凭久议细说，青府满门垂手洗耳静候。
遥举薄酒一杯，对饮。
冬月，青溪，
山水收笔。

使者2

海盗，人质，修船的少年：
放下你们的仇恨，打开漂流瓶。
那是一封寄给未来的公开信，
你们有幸，在海啸来临之前
成为羊皮卷里的镜中人。
你们该有更大的
魔法。阻止海啸，
你们必定选择唯一的
绿地和峡谷，那是人类
的远祖，也是终极。
从一尾淡水鱼开始
洄游，长出鳞状草木，
你们始终来得及
经过老家的鸟窝时，
冰释坏天气，自由相爱，望天际
默念咒语：
唐家河，唐家河……
此信随机，清风送邮。有缘者，
有信心。

摘星星

青川往事

秋草黄是秋草的
事，我不管，
再过这么多年
我还是要最高最红
那个。
谁叫你年轻时候
夸海口，说你给我
摘星星。
星星就算了，
苏阳柿子就像你，
不枉我钟情一场。

使者3

此为公开信，人语、物语、神语和次元码同步发送。
大灾难来临之前，警告级别预设为三级，信心指数为一星，
不提供安慰信号。
收到呼叫的细胞个体，
不论你是国家元首、重罪囚犯、生物难民，或者
无神论者、基因密码、小说家，
不论你在山地村、外太空、病毒风险区，或者
赤道线、老庙子、松针里的航船，
不论你以何种形态即将毁灭、失去信仰、偶然求救，或者
计划施舍、做爱、悟道、写一首忧伤的山水诗——
请关闭你手上战争、瘟疫、谎言和自慰的频道，
为唐家河之声打开绿色光年传送门。
我是终结者，我在唐家河自由基地
用大熊猫波段紧急发布。沉默即是宣言，
我能感觉到回应，谢谢你们！

从冰川纪到二战，人类用了半个地球，神和宗教
用了有形和无形、生者和亡灵。只有大熊猫
成为竹林隐士，用了几片竹叶，便回到
老家的雪地。
在唐家河，我是那个最后的雪球，被命名为终结者
那一刻，我的使命便是呼叫你们，挑选并保护
幸存的物种，和预言，和神话。
祝福你们！

放弃自己一样放弃杀伐之心，
善待天敌一样善待无望之念，
礼让命数一样礼让生存之道，
尊重真理一样尊重卑微之举，
坚信轮回一样坚信永恒之光，
敬畏此刻一样敬畏自由之言——

一光年只传送一个
唐家河单位。我代表未来时空
接纳你们，排除你们，也原宥
并珍视你们彼此的和解。
基地最小的法则是公平，最大的
是利他。
给我机会保佑你们！

使者4

在可以想到的未来，
某一次聚变之后幸存，漂漓于大雾中
得到这封信的姑娘：
祝贺你被新生纪挑选；同样神圣
而冒险，你必要承担起物种起源
和淘汰的颠覆性使命。
如此幸运和惨烈，来自你手中
发光的记忆瓶，元力的预言和咒语。
你的口令是唐家河。你在那里
毫无特权，看见大熊猫冰封于化石，
你只能传递口令，唐家河，唐家河，
一路喊，一路寻找新的语言。
密码隐于信中
匍匐的文字。只有人类低于万物，
神性才会降临，你读道，
所谓净土，最后的星际善念，

往往一闪而过……因此你，
不要停下，直到大通道打开，
唐家河启动生命方舟，山水悬垂而定……
大熊猫像一把梦里的钥匙，引导你
复制红石河、大草坪，走进
古老而恒定的大秩序、新格局。
进化的最高级别，不过是
回到各自的童年。
那很难，你要谨记。
漂流瓶，你要传给其他幸存者，
就像我对你，不灭希望之光。
——预言者，生态极地来临之际，
风水弥留。赐福每一个，你们！

天真

栅栏和篱门，这些可有可无
油菜花的回忆和念想，春一来
就虚设了。大黑随意穿过它们，
追一只蝴蝶，
再老也还是天真的孩子。

辅音时代的诗意信笺

——读李世许长诗《青川来信》

李世许的诗歌具有一种元音气质。所谓元音气质，并非意指诗歌中的音响效果，而是指一种声音纹理与诡谲想象彼此糅合的诗学追求。无疑，几乎所有的语言都倾向以清楚的辅音区分具体语义，德国诗人诺瓦利斯（Novalis）更是将辅音视作为写实散文与确切含义而存在的实用之物。与饱满悠长、极具穿透力的元音不同，辅音无法传递到远方，它只能谨严地存在于数字秩序之中，构建出一个无比清晰、透明而又了无生趣的同质化地狱。因此，“辅音化的精神(der konsonierte Geist)对未知者、神秘者、谜题的否定性感到陌生”[1]，而元音如同深山幽谷中空旷的回声或是汪洋大海上塞壬的歌喉，栖生于肉身，孳乳于感叹，含混多义、浪漫多情、饱含诗性且充满诱惑。元音气质固然美妙，却不免成为时代的赘词——在同质化的幽冥中，诗意想象力已是濒危物种。随着现代性的推演，科学占领了神话的领域，世界“祛魅”（Disenchantment）继而泯没了神学与幻想；工业侵入了自然的地界，生态破坏继而滋生出垃圾与噪音；语言被摧残，词汇在萎缩，人类日益丧失了诗意栖

1 [德]韩炳哲（Byung-Chul Han）：《他者的消失》，吴琼译，北京：中信出版集团，2019年，第82页。

居的可能；紧接着数字化的媒介消弭了距离，消磨了耐心，隳损一切奥秘与诗意。恰如德国韩裔哲学家韩炳哲之见：我们正生活在一个辅音化的时代。

四川诗人李世许的近作《青川来信》正是对辅音化时代的“负隅反抗”。这首构思精巧的长诗是诗人以故乡的名义寄予时间的一束诗意信笺。形式上，诗人选取了“长诗”与“书信”作为载体，二者都是缓慢的、需要历经时间沉淀的文体。如果说短诗是与时间赛跑，意欲抓住转瞬即逝的灵感片断，那么长诗无疑是“慢工出细活儿”，需要诗人苦心孤诣地反复打磨。卡夫卡（Franz Kafka）曾说：“所有人类的错误无非是无耐心，是过于匆忙地将按部就班的程序打乱，是用似是而非的桩子把似是而非的事物圈起来。”[2]而长诗写作是一件最需要耐心、精心，切不可掉以轻心的艰苦劳作。在耐心最为匮乏的辅音化时代，李世许的长诗写作内蕴缓慢的生长之力，让词语沉稳地落入确切的位置，让诗意轻盈地游走于历史与未来，让诗思自由地飘荡于广阔世界。如果说长诗的缓慢在于创作过程的细腻推敲，那么书信的缓慢则源于寄信人与收信人之间漫长的时空距离。等待的过程容纳着无尽的想象，见字如面，展信如晤，书信凝结着书写者的温度，涵容着元音化的倾诉，

2 [奥]弗兰茨·卡夫卡：《对罪愆、苦难、希望和真正的道路的观察》，《卡夫卡全集》（第5卷），石家庄：河北教育出版社，1996年，第3页。

在即时通信发达的当下，书信抵御住一切紧迫感、局促感，以慢节奏的方式呈现更肉身化的抒情、更神秘化的叙事。在《青川来信》中，诗人不仅借鉴了书信体的形式，由通信对象的变化形成不同人物关系，构造出极为复杂的拟人修辞，更吸纳了古代书信体的表达与辞令，使诗歌语言典雅不失谐趣，深情兼具哲思。诗人不断跳出原有的框架，杜绝在单一的线性结构中板滞常套，而是别出心裁地设计新的对话语境，犹如二十三篇精彩绝伦的短篇传奇或遗闻逸事，在诗意的引领下穿梭古今，变幻次元，反复打开跃动于纸面的新场景，构造令人浮想联翩的故事情境。这是作者奇思妙想的集萃，也是诗人高超诗艺的体现。

在这首长诗中，诗人分署三个名字，转换三种身份，以三种速度、节奏、音调、语气各异的声音，向不同对象倾吐诗心。题为“青儿”的十封书函，语言诙谐，别有意趣。青川化身为竹林青儿、熊猫青儿、少女青儿……分别将自己的缱绻心声寄予“联合国月色基金秘书长”、动物学家“乔治·夏勒博士”、爱好摄影的“表哥”、邻家哥哥“甘肃兄”、芳邻公子“长安君”、重庆崽儿“渝公子”、帮扶青川的“钱塘姐姐”等等。在这些书信体的小诗中，诗人融汇家乡青川的山川地貌、人文风情，虚构出天马行空却活色生香的现实。

比如开篇第一首，诗人戏仿“申遗”和项目开发的口吻，套用程式化的公文语调，将拗口的专用术语、确凿的论据与生硬的证明等力图清楚分明的“辅音”置换为“月色”“婵娟”“素颜”“童声”“密码”“神话”“音乐”“诗歌”“竹林”等萦绕着朦胧美感的“元音”，借竹林与月色的声线，摹写出青川山水的至善、至圣、至美。第二首拟写的是青川大熊猫的感谢信，收信人乔治·夏勒是野生动物保护专家，他曾于1984年，应世界自然基金会之托在青川县唐家河自然保护区开展大熊猫相关保护工作。诗人以大熊猫的视角守望、记录并感念唐家河的山水自然，以及为这片土地倾注无私热爱的人。第四首至第七首皆从地域角度切入：青川县位于四川盆地北部边缘，秦岭南麓，是川、陕、甘三省交界之处；因地缘优势，青川兼染“陇兄”的“不拘小节”和“长安君”的诗文风骨，又有川渝的纯粹直率、风趣俏皮，还因与杭州西湖区的相偕同行、东西部协作，增添了许多江南柔情。

最特别的是第十首——青儿致诗兄——这是李世许借青川的名义写给诗歌的诗。以诗写青川，青川便是诗中客，是被邀请、被观察、被塑造的对象，是情感的接受者，始终与抒情主体若即若离；以青川写诗，青川则成为诗意的发出者，是邀请诗歌入驻的主人，是容纳诗心的居所，是缔造永恒的证词。诗歌身负人类的原罪，“替人类扛下所有负累”，在“庞大碎片”与“无边失望”中消磨了耐心。而诗人以青川的身份，“虚构了一个叫姐姐的句子”向诗歌许下患难与共、不离不弃的誓言。面对青川的草木鸟兽、地灵人杰，诗人有底气做出承诺：秋月溪水愿为诗歌佐证，天生青川，宽恕人类漫不经心之罪。青儿，满怀诗性的青川的化身，与诗人以及诗歌的自我主体三者之间彼此商量，叙谈，交换词语和意象，整理“万物的法则”、收集灵魂的证言，共同呈现青川的诗意与诗意的青川。

如果说署名青儿的十封书信由青川的自然风貌生成，那么接下来“公子”九首则聚焦于青川的历史风情。这位“川公子”心思细腻，文质彬彬，寄诗流云，垂问晓月，对话晚清学子，叩问诸葛丞相，敬拜廖化将军，私语多情之人……时序更迭，人事代谢，“历史案前，/星火静流”，诗人借用修史人的双眸与刀笔，从县志与碑记中收集历史的印痕——城外青溪晓月，山中云卷云舒，蜀汉风云变幻，清末酒后吟哦，老街温香软玉，古道旧情新欢……历史想象与现实经验相互缠结，在记忆的追溯中呈现碑刻方志外更生动、更饱满的历史现场。在这些虚构的信札中，诗人以青川之名，将史料与诗情化作先知般的语言，重现遥远的记忆，唤醒沉睡的灵魂，将隐于山水间的是非功过细细评说。

最后的“使者”部分是整首长诗的神来之笔。诗人的思绪跳出历史、掠过当下，径直飘向无限遥远的未来。这些用“人语、物语、神语和次元码同步发送”的公开信，是灾难、毁灭与末世的预言，也是对现实世界中层出不穷的战争、瘟疫与谎言的警示。是的，战争与暴力、谎言与危机并非遥不可及的前历史，它深入当代生活的骨髓之中，潜隐在愚昧自大、毫无敬畏心的人类心中，亦将延伸至后世，鲸吞蚕食人类的文明。为此，诗人创造了一位使者，让他将诗歌密码隐藏于青川的山水草木、唐家河的自然造化之中，将真挚的诗语献给“在可以想到的未来，某一次聚变之后幸存，漂漓于大雾中得到这封信的姑娘”。这样的情怀浪漫至极。茨维塔耶娃（Марина Ивановна Цветаева）对未来读者的奢求与想象只有百年而已，而这封委托使者遥寄的信函带着“放弃杀伐之心”“善待无望之念”“礼让生存之道”“尊重卑微之举”“坚信永恒之光”“敬畏自由之言”的嘱托，穿越未来的无尽时空。届时，人类甚至不复存在，但风水弥留，青川依旧；文字或也荡然无存，但语言不灭，诗意永恒。而这一切，诗人在开篇题记早已声明：

未来是山水的重申
和回忆。
在此之前，你必要
存念灵地来信。
它的绿色信笺多么朴素，
多么大义，小心。

朴素的信笺盛满山水的诗情——大义是诗歌自身的伦理，小心是诗人必要的态度。在这样一种豁达开阔的诗观的引领下，诗人李世许以三种方式介入自然、历史与未来，呈现出一种博大的抒情，亦即叶维廉所说的“宇宙的抒情主义”[3]。《青川来信》一诗最初呈现为狭义的抒情主义，如情诗或情信，虽是独白，却始终包含着期待对方回答的语态，倾诉者与聆听者之间彼此亲昵，相互交感，共同陷入一种激动的节拍中；而后上升为广义的或曰宇宙的抒情主义，这种抒情纯然是形而上的，以冥想式的独白与某种神秘主义结合，处于缓慢的节奏中，超脱物外，忘情而出神。两种抒情方式相结合，共同生成这束诗意的信笺。那一次次灵魂的漫游，那一声声真切的呼唤，无疑是“辅音化”时代最动人的感叹。

张媛媛，蒙古族，1995年生于内蒙古通辽市。现为中央民族大学文学院博士生。写诗兼事批评，诗歌与批评见于《诗刊》《星星》《民族文学》《作品》《江南诗》《当代作家评论》《上海文化》等刊。著有《耳语与旁观：钟鸣的诗歌伦理》（台北秀威出版社，2021年）。

---

3 叶维廉：《水绿的年龄之冥想》，《叶维廉文集》（第1卷），合肥：安徽教育出版社，2002年，第254页。

青竹江

乡愁吃水太深，如何载得动
多出来的秋草黄。
还好，山水在，老屋在，一声轻喊：
快回来。就回来了。

阴平古道

听见什么，别说话。
说了什么，别相负。
阴平古道，让时间以
自己的方式，
慢下来……

比如青川

（长诗）

众生平等，都有一处山水原乡。人类也是个小分子，不要企图代表任何一种存在的理由，“主宰”这种权力不存在。你和我有必要阐明的意义不过如此：记取文脉精神记忆是来，是老家；流传生态文明主张是去，是天下；一来一去之间有大片不确定性，因此万物之神得到怀疑并崇拜，时间把咒语交回给那条古老的河流。我是密码，你是诗人，我们相遇得以重生：流萤举灯，水面静谧如息……

——创作手记

逸景一诗

杏运王（白果坪）

大王，天下是渡，
此刻也是。渡己，
渡人，万物是渡，
一念也是。

序：掌心

竖起我的残掌：那片有罪的森林。
风云指，倒悬河，动过杀念，劫过太平，此刻
陡峭的内心住满月色。
雨中少年赤身看我，眼神养着
水草，游鱼，石头的花朵。成长
如此无辜，忧伤，不忍拒绝和认领。
我愿意通体透明，时间只剩下
孤独的掌心。我愿意
赐众神以山水，收回他们
乌木术、陶瓷术、烟火术以及
断情铁的暗语密令。我愿意敞开
婴儿树上的刀口，
让追岸的哭声只有佛掌大小——
少年握紧，一个小心脏。

一、木牍志

端坐于木牍案。
清波流光，
万物照见彼此的颅骨。

——题记

1

火堆旁，老人抽出一片楠木，
也抽出自己抿过的羊毫。
那个深夜或者黄昏，
先民们像一地羊群，
跪向大山大水的风中。
他们迁徙而来，驯养自己
野性和弱受的部分。
老人祭出笔锋，
雪光从最高的山上下来，
流动的声音被植物融化，也记取：

“二年春，臣相甘茂命修田律”……
木质的纹路里暗藏法度，
洪流归于田亩和指间。
他们如此记事，壮胆提神，
也把敬畏之心灌进大风
以及落日的最深处。
楠木刨花精细，芳香玉立，在墓穴里
完成超度，陪主人
等待两千三百年后
一场潸然相认——
木牍有神迹，解密战国史，
笔法顺应天地人心，
或者可为隶书的源头：
闪电咬破中指，长河滚滚而来！

2

逐水之人流放自己，在身后
留下无尽的井口。后来者
比如我，死心塌地信奉
这样的祖先：哪怕他们是奴隶，
祭品，殉葬的木头；或者是王，
杀伐之手，最奢侈的墓坑——
两千年后的此刻，我蹲在郝家坪

战国墓葬群的遗址，泪流满面。
白骨成灰，木椟还在，我想到
锁棺时他们的惊惧与安详，
黑暗中他们的绝望和等待，
醒来后他们是文字——那些掌纹一般，
经络一般，河流一般，写在骨头上的
规则和信仰，汇成强大的基因，
用楠木的原香将我抱住！
我看见一只粉蝶，离开我的前额
飞临不远处，乔庄河在那里：
水声一阵凄迷，一阵宽厚，生生不息。

3

演变进化的过程便是站直
草木的骨头和内心。
这样一条河苦修本分，
陪几只蚂蚁诵经言，牵石头
蹚水，补桥，压实村庄的脊瓦。
素食主义者拨灯，
微光得大道。山水间
竹林列队吹笛无数，
每一节中空之鸣，
喻义野竹荪的智慧，和经验。

顿悟出自白须老人
开成的花一般的预言。
暗香沿途存留，生根，被梅花鹿
供在脚下：不矮下去，注目小，放空独我——
哪里能春风十里会意，
拾起没有沾灰的
灵魂，和肉身；哪里能免疫，
形成小队伍，走在真理的岸上。

逸景一诗

知音巷（喇叭巷）

两个人越走越近，有缘。
姐姐有酒和音乐，妹妹有咖啡和诗，
知音有秘境。
你和ta，有假装不动心的自由。

青溪大东门

你看见时光之外自己的前生。
老城门走过货郎，也走过兵马。
木头在衰败也在蓬勃，
你那一株在檐下听风。

二、阴平道

大蜀道不负阴平：
容得下，逆流而上
才有突围。

——题记

4
如果钟声还在是不是遗憾。
如果遇到小队马帮，
茶叶、布匹、井盐、丝绸和药材零星遗落路边，
铃声隐约，火把秘密交谈，穿林越水
迎面而来是不是无辜。
如果半边街还在，
二两月色可以换酒，绝色女子牵马相认，
是不是麻烦。
如果密林小路辟为栈道，文人墨客拄着马蹄
嘚嘚扬尘而去，骂你的文字是狗屁

是不是畅快。
如果邓艾在摩天岭知难而退
或者落石而下，如果青溪无守兵，剑门无天险，
如果落衣沟错把战袍给你，大军指望你
险中求胜——是不是妙笔。
如果阴平古道走不出民间
被三国围住，如果老银杏拒绝指路
是不是躲进诗里，无话可说。

5

花轿过城门时，风总会掀起盖头一角，
让新娘子惊艳亮相。从此
古道边城有了神佑。
军民守城，插秧，煮酒，养活着
寺里素洁的钟声，铁匠铺通红的火苗。
女人给铁匠生了一群儿子，个个壮实，
能打铁，也能在阴平道走出威风。
打铁的，把兵器交给将军和士兵，
把农具请到田间地头；
走阴平的翻过摩天岭，从异域换回
零星的消息和玉石，以及
路边奄奄一息的红儿。
一座县城被他们寄在佛光里，

成为青竹江的源头
是一场缘分；叫作广武，秦兴，
景阳，龙安，乃至青溪，不过是
老铁匠铸下的记号，不过是红儿
报恩嫁接的甘肃苹果。
天下是用来安顿的，
青溪老城拒绝非分之想：
廖化功过相抵，邓艾福祸两依。
如今我在城墙伫立，风中流泪，
看江水奔流向南，
马掌一样越磨越清醒。

6
大熊猫，古道的隐者，
它的忧伤是远古的指认。
山海相互沦陷，它捧着冰川纪
残留的物种，在唐家河
发现老家的竹子和溪水。老银杏
青了，黄了，不过是它
散淡的晨昏。食青竹，是为了
被天地轮回。饮白露
是为了替山河永生。
与精灵交换礼物是它的使命，它乐意

尝试人类的想法：
没有一种武功是不老的，
让时间慢下来
才没有伤害，才有大同。
在唐家河大草堂，那就是
最低和最高法则，
就是近处
和远方，长寿神的童年。

7

银杏千年加封。
大王，我在唐家河仰望，
悟你
天地案前的香火。

8

那个传说还在。美丽少年
和他懂事的羊群，给时间让路，
佑着3800米，比魔怪高一丈。
巨灵神有个心愿，是少年化成的。
草甸绵延，有诚意，容得下历史，
信任是山水化成的。
云天高远，庄严，奇绝，

大度存敬畏，在大草堂还原传说，
唐家河的智慧和思想
是千古心化成的。

9

出唐家河，过阴平索桥，
落进一袖午后。
阳光坐在摇椅上，暖暖地想
古道红衣女子。

传说里，爱情遗址
被英雄和功名忽视。
我乐意是那个勇敢的化石，
不为出土，只管在旧时光里
替值得的人
山吟水唱。

将军美名在，佳人千年后。
我是幸运的，我有阴平悟：
爱要裹毡而下，突破古道
占领平原，去保护古今两个人
传奇的王国。

午后阳光温度正好，很适合

平定战事，执美人归隐。
瓜果熟了，红石河
流到青竹江了……阴平村
一树蜂蝶，两厢婚礼，
几世凄美和决然，
平静，隐秘，让历史去猜，去反省。

10
成为化石之前，我的锋利
始于东阳沟，略显笨拙，
山水遥不可应。
人类先祖最聪明的一支用我砍树，
砸断没有火种的藤条。
坚果和岁月跟我相似，
互相鼓励，引诱，
大风低过云台。
五台山原本更高，
滚落的石块中有我的亲人。他们
有的砌了田坎，有的垒了盐井，
炊烟里相依为命，忠实记录生活。
除了盐井垭，他们都在暗处相认。

三国大军穿山越水而来，马蹄翻飞，
历史盯住一地粮草。

于是支锅造饭，救活一段千秋功业，
成全英雄义气。
三块石头依山就势，喂养了
火焰和铁器。我是第四块。

一匹空马回来，
眼神里黄沙漫天，看不见泪水。
我收留马掌和柔情。
石头不煮三国，不负山水，
用阴平古道的心事养大田园，
东阳，西阳，两个懂事的孩子。

锅里有，碗里有，
三锅石不靠遗址，信奉民心口碑。
缘于山水的，还给山水，
生于民间的，回馈民间。
我是第四块灵性的石头，我以为
这便是万物之心。正所谓：

11
老树青云乱，
苍石碧水闲。
鸟兽通心处，
阴平古道间。

有个妹妹真好：我们一起伤心，等礼物，一起长大。

哥哥也不错。我们在桥上投下天鹅的影子，

望远处——

树叶就长出来嫩甜……

三、还魂戈

吕不韦戈喊出了“成都”。
白龙江边，瞬间
杀声归于涛声。

——题记

12
嘉陵江最大的妹妹，叫白水。
她一生嫁过三次：
蜀王的儿子，葭萌将军的小侄，甚至
沙陀国本地的船夫。
父兄死于战乱，船夫也吃过无数败仗，
后半生守关便是守船，为娘子
备下王后的墓宫。
那时船在水上，营盘梁
千军混战残阳，落水之人
如一场红雨……

船夫救人无数。娘子不忍见血，
乃投江而去，留下预言：
千年后大水至，我有鱼心。

13
白龙湖兑现了历史。
移民的队伍中，有旧钱币、老兵器，
还有盛酒的铜杯盏。
唯一不见幸存者。
故城关楼栈道尽淹水底，三百米以上
湖光山色如画。仿佛
从未有过爱恨、生死、聚散。
好风垂钓，我拒绝像一粒虫饵。我听见
船夫哭喊他的娘子：
沙洲哪——锦儿哪——

14
青铜顶开白龙江边的泥土，历史柔软
像一苗嫩绿的豆芽：吕不韦戈
没有见血，没有被白骨之手插进
时间的心脏——那一刻
江水婉约，正好
浇豆芽，点豆花，卤豆腐。
“成都”尝鲜，作为地名的两个字

因为我们的母亲，
那个地方还在。
村口还有红黄心，
家里还有烟火香……

是稀客，请了秦相邦吕子
公元前238年作陪。
来的都是客：好汉柔情毕露；
刺客袖刀冷眼。
幸好那件兵器有爱妃相，有慈悲心：
它更像新娘的发簪，赐福人间
笑泯江湖的礼物。
城破山河在。胸怀故土
身前身后只有豆荚，和平。
红鱼锦儿在碧波里产子，然后它们
唱着遥远的歌声上岸。

15
一滴墨化开，
天地，山水，便有了。
春风挥毫，
川甘陕乡音泼洒，相融，
姚渡便有了。
民间那些传说，长衫裹诗画，
纷纷登船：
景谷道渡人，渡日月，
好大的天下和码头。

16

约一域好水，命名为白龙湖，静坐幸福岛。
山色空灵，有倒影散步，清风泡茶。
一首小诗的气质亲如家人，陪花晴着，天上人间
自成一国。
风情小街遇素面时光，热爱散文的女子
无端流泪。她像个素食者
那般优雅。
临水农家简单，不过就是春暖花开，适合小感动。
不过是
把仇怨和历史抛入江中，照顾好花丛里
一只蝴蝶，两群蚂蚁，几个沾泥的句子。
来世很长，不急，让时间等，一个下午就够了，
小半生就够了。心无杂念，放下就是幸福
禅定极乐的菩提岛。

柿灯笼

青川往事

谁点的灯谁守。整个冬天，

我等一个人来夸我……

雪在悄悄化我的心意，

再不来，哼，关灯啦！

四、山水经

寄居山水之间，人类唯一的权利
在于有借有还，为自己
提出公平的证词。

——题记

17

应了智慧和态度，
千山归心，喊一片茶香，
云海深处分不清：
哪是蒿溪的鸟鸣，
哪是乐安寺的钟声。
向阳山大户大族，
花草林木待嫁闺中，民间女子
热烈也是干净的，狂野也是朴素的。
宾客拥在席间，敬泉，饮露，
不微醉一场虫鸣，对不起天地，

有愧日月之神。

18

溪边的女子，不管辈分和仙缘
都叫蒿溪。茶香高过人间，
小仙们呼吸，吐纳，水雾环绕佛音，
都在叶尖上腾云驾海，宠着新娘
素面朝天的容颜。

都是两相情愿的对拜啊——
把所有源头的好水泼在她身上，
把婚期赐给天壶的内心，
敬一杯如宾，再敬一杯偕老。

茶本植物都是
顺流而来的佛光。
娘子，我向圣洁交出月色，领天地命：
谁的慈悲怀，欢喜心，不寄在山水的修行。

19

灵气回归天地原乡。
那些曲子做成清亮的玻璃，
透视成瘾，怪只怪

少女的气息，绝世的容颜。
对坐，便结缘；有度，即是佛。
今如是，凡已成仙。

20

我没有等谁回头，也没有冷眼看破
世间浮云。因果在那里，听懂钟声
和安静的苏黄纸响，才有道，
才明白我在云里，为何低于万物。
远方都止于案前，尘埃之上
我跟天下信仰一起落字。
我只晒经书，在那里安眠，
陪老银杏念一个叫乌龙寺的人间。

21

求过山高水长的缘，
贪过欢爱，破过风云。
顿悟后，我是归隐的寇，不要江湖，
宁愿辜负天下青春。只愿
山谷原舍洗心池
倒影还在，还记得：花心之人
终有佛，有度，有来生。

五、乡村帖

灵魂总得有个老家来安放。
黄昏村口有人问路，不至于
错指他乡。

——题记

22

洪水来，老人就翻翻身。
地震来也是。
多少年了，顺势，农历才安稳，
旧坟茔才幸免于难。

这是村庄的日志，记在
石头上。
大石为天，小如心，
火把往往照不见。

唯一的例外是一块石碑，
在老家异常醒目，
上书：无界祠堂。
万象收归其间。

23
祖先都是阳光。一碗雄黄酒
从初一晒到初五就有灵了，
就叫端阳酒了。
那时候一家人围坐成庄严的仪式。
风声入夜，看不见每个人的脸。
一片水在亲人间流动。
我不敢反抗，也要喝一口，
昏沉中豪气升腾，
感觉自己是个大人了，
走路可以甩手，毒虫奔逃，
心里也没有了鬼怪。

24
虫声是田野的，田野是群山的。
山的尽头，橡果的心事
是我的。苍茫如我，肃穆如我，霜雪归于草木之恋
开一朵清白之花是我的。

此刻，我是农历的。
孩子的洁净之躯打开乡村词典，抚摸祖先体温
留下的智慧标注。
我是那个孩子的指引，沿着深秋的手语
看见霜花如雪的秩序。

我是秩序和规律的。
我是野菊火焰的启示，
不为燃烧，只为温暖最后一块
来不及抱团的石子。

我是节气的休养生息。
播种还早了几天，收割已晚了些时日。
有什么关系呢？
我有自由的生死，我是谚语的，民间的——
炊烟照常升起；
有人走出自己的阴影，不再恐惧；
泥土间交流着来年的爱恨……

我是时间的，也是空间的。
天地之间，亘古今始。
我是浩荡的白，坚信真理，
借用火塘煨酒的习惯，

映照灵魂，笑看立冬。

25

山势并排长，胸肋间不败的
锣鼓风，刀斧云，向上的石头
……总有林海嫁给。

嶙峋手从记忆的路边伸出来，
位置力度刚刚好，手心里总有汗，
像松脂或者用不完的阳光。

秦岭和成都平原延宕天际。梯子梁
黄金分割，南北通透。雪落如大鸟，
火把应一场传统葬礼，神兽降临。

白龙江，嘉陵江，酒过三巡。
硬话总要回到峰顶，那里仰视，被仰视，
英雄骨骼粗粝，毛孔旺盛，有钙的回响。

26

地震过后瓦片松了，自己动手
翻一翻，插一插，留足两眼通道，
亲人们回来，才有灵位。
滴漏下面照片泛黄，苔痕爬上脚背，

心事足以开窑。
烧瓦的日子喜庆，却有意外，
瓦窑不会始终年轻，出窑后
小辈各自纷飞。
因此城里人，
谁没有一间乡下老屋，承受
更大的“5·12”。
木头和时间，长了好多菌灵芝。檐下
鸟窝无数，叫声像去年。
老人的坟地，朝南，向阳，
他生前指在窑边。那里一眼可见
沿河的青苔，以及谁
掩面迎风而来。

27

月色得心应手，纸深笔重。
在我们共同的老家，
总有这样一群有趣的人：
邀月酒先醉，枕风诗后香；
他们唱青青锣鼓，
也唱“月儿落西下，思想小冤家”，
把平淡的日子养出高大的谦卑
和野性的尊严。

青竹江筏子

青竹江两岸青山，
水浪宽不比心宽。
长竹竿几声长喊，
过七佛到了竹园……

牧　歌

小笆篓总也装不满。除非……
心事跳出来，一个暑假就长大。
可是阿黄，那时候，
你老了怎么办？

六、归去来

亲爱的人，我是众生的必然，
你也是。途中积善缘，念山水大悲咒，
不论何时何地
请命名并成为它：青川。

——题记

28

小公主妙龄不老。还没有染上
烟尘酒色。天下不过春心，
真爱才是最好的容颜。出发
和终点，执手如群山。

吉日初定。
行四方。
回头，有时挥泪。

白衣男子托日月，抱太极，
掌中空谷。形意公主顿悟
一席千山万水。

东门广场（星月广场）

攻城的已然落败。青溪不怒而威，佑着
一城安详，四野田桑。历史出城，进城，
打铁铺打刀，也打锄头；店铺交易茶叶、
丝绸，
也交易古道来信：杀伐、顿悟、和平……

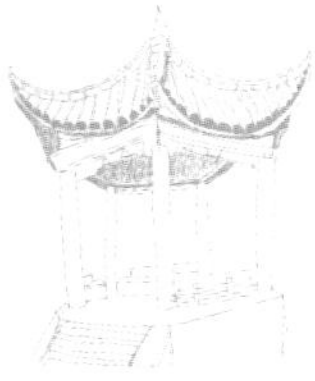

物我有神收放：
得双修，化自然，通古今，解终极，
去路即归途。

29
把自己磨成镰刀，
开路，隐起锋芒。把绊脚的
也许藏了一条蛇的杂草
扶正，宽厚地
安慰一个下午。
不拒绝候在路边的荒坟，
砍一小块空地，僵硬地磕三个头，就当是父母
远房的亲戚。
对寒鸦的提醒或者谩骂心存感激，
打个半月的手势，
哭不出来，咳一声也好，

故乡苍老的天空应该看见，听见，
理解并原谅弯弯的背影。
沿途有冰冷落魄的石头，那就荒废
一点儿紧张的生命抱抱它们。
铁器不像雪花那么柔软，没关系，
颤抖也是一种安放。
终点物是人非，在老房子

逸景一诗

竹隐山舍

古道风流，阴平此后，
竹隐烟雨楼。

天地一院画轴，
山水几窗云头。
归客轻舟。

野云慢收，闲鸟乱斗，
花草瓜果香不够，田园野菜借风偷。
一醉如酒。

凡心抽，好梦投，
白露钟声叩。
值得一世温柔。

靠残墙睡一会儿，最好的
挂在柱头上，像极了搂住父母，
中草药体温真实，舒展，天地宁和。

30

乡村体面的亲戚
住在国画里，乔庄河线条一拉
便是殷勤走动。

小城里有木椟公园，地震遗址博物馆
和感恩广场，最入画的，是一河锦鲤
天真弄墨。

细笔丫头拖着宣纸妈妈
过桥，
小跳清风步。

白描老人端砚养鱼
一泼：
珍珠井，精灵泉。

彩鳞落款取印，
得皴染
都是真迹。

玉米垛子

给你说个悄悄话，
爸妈昨晚在骂架。
我也不懂骂的啥，
囤子柜子装不下。

附：如歌

山水居天外，芳心在铺排，你不来，
我将流年为谁，殷勤打开。
烟云幔窗台，暗香已成海，你不来，
我把此刻为谁，风中涂改。
白鹭公主，童话色彩，妙龄，心事轻埋。
小城里，我的爱，细雨如诗的告白。
你不来，不牵手，谁在彩虹桥发呆。

木牍旧书斋，隶书的情怀，你不在，
谁将墨香赐我，偷偷对拜。
古道千年后，缘分被剪裁，你不在，
谁把英雄赐我，对应分派。
熊猫女王，散文仪态，佳期，阳光翻晒。
小城里，我的爱，岁月如酒的等待。
你不在，不牵手，谁在滨河路徘徊。

简洁的含义

适合回忆，适合思考，适合删减万物。
简易栅栏里，几点绿，足以养活雪白纯净的小村子。

小城里，我的爱，细雨如诗的告白，
你不来，不牵手，谁在彩虹桥发呆。
小城里，我的爱，岁月如酒的等待，
你不在，不牵手，谁在滨河路徘徊。

懂青川，从《青川来信》开始；

念你我，凭《青川来信》相认。

在青川以近，每一个你都是“青儿”“公子”“信使”，把青川的生态密码、文化基因、乡愁记忆和爱情妖精收进诗意信笺；于生命旅途，每一个你又都是“收信人”，是联合国月色基金秘书长、夏勒博士、表哥、甘肃兄、长安君、渝公子、钱塘姐姐、夫君、姐夫、诗兄、云姐姐、青溪晓月、贤弟汝萃、诸葛先生、廖将军、多情之人、岳父大人、蜀将军、修史人、平武亲家、修船的少年、漂漓于大雾中得到这封信的姑娘……清风快递送达，回信是你的使命，不回是你的自由。

“熊猫家园、青秀之川”向你敞开心事，众多美好，诗意表白；“首批国家全域旅游示范区”“天府旅游名县”打开青川文化之旅的微窗口，足以与历史、现实和未来对话；“文化清雅”捧出新成果，趣味性与审美性融合，生态自信与文化思考并重，独特的青川元素呈现与普遍的价值规律追求互通……雅有雅的情志，俗有俗的味道。

《青川来信》的推出，得到青川县文化旅游和体育局、青川县图书馆、青川县美术馆的大力支持，在此深表谢意。

作　者

2022年8月